KB211822

아이와 나

# 아이와 나

일본 엄마, 한국 아빠 그리고 J, 그 1년의 그림일기

사카베 히토미 지음

북노마드

# 차례

프롤로그

아이가 태어나고 나서 돌이 되기까지는 사진과 글로 남기는 육아 일기를 썼었다. 나보다 먼저 엄마가 된 친구가 100일 동안 매일 육아 일기를 쓰면 책으로 엮어주는 웹사이트를 알려준 것이 발단이었다. 첫 아이를 임신하고, 낳고, 피부를 맞대고, 젖을 먹이는 과정과 아이가 처음으로 뒤집기를 하고, 첫 걸음마를 떼는 성장 과정을 남기고 싶은 마음이 드는 것은 부모로서 자연스러웠다. 무엇보다 아직 말도 통하지 않는 아이와 24시간을 보내던 나에게, 하루하루의 작은 성장과 그것을 지켜보는 기쁨을 적는 것은 힘이 되는 일이었다. 그렇게 완성한 네 권의 육아 일기를 돌잔치에서 전시하고 나니 뭔가 한 매듭을 지은

듯한 기분이 들어, 한동안 육아 일기에서 손을 떼게
되었다.

　　그로부터 3년이 흘렀다. 그 사이 나는 한 권의
아기 그림책에 그림을 그렸다. 딸아이의 나이와 주인
공의 나이가 같았기 때문에 대부분 우리 딸을 관찰
하여 그렸다. 그림책 작업을 하면서 어린아이를 그리
는 것이 겨우 손에 익게 되자, 이를 계속 유지하고 싶
은 마음이 들었다. 마침 그즈음 기록해두고 싶을 만
한 딸아이의 말과 행동들이 많아졌다. 돌까지의 육아
일기는 신체 기능들이 성숙해가는 과정을 남겼지만,
이제는 일상에서 아이가 하는 '말과 행동'들을 추억

으로 남길 수 있는 시기가 된 것이다. 남의 육아 일기를 보다가 공감하며 웃기도 하고 '나만 이런 것이 아니구나' 하고 위로를 받은 적도 있었다. 나와 다른 삶을 사는 이들이었지만 가끔은 '이런 삶도 있구나' 하고 감정이입을 해보기도 했다.

　　지난 한 해 동안의 육아 일기를 정리하면서 아이도 많이 자랐고 이 아이가 내 인생의 많은 것들을 바꿔주었음을 깨달았다. 무릎 위의 무게감에 익숙해졌고, 나는 꿈에서도 어린아이를 찾는 사람이 되었다. 천천히 걷게 되었고, 개미집과 작은 꽃들을 다시 보게 되었다. 어쩌면 일상의 흔적을 남기는 일이 나에게는 하루하루를 버텨내는 과정이기도 했던 것 같다. '엄마'가 되고 나서 더욱 겁쟁이가 되었지만 지금 이 순간을 똑바로 마주하고 그것들을 간직하고 싶었다.

2015년 봄 관악산 기슭에서
사카베 히토미

Part 1.

1, 2, 3월

1월 1일 수요일

새해 첫날 일어나서 가라사대
"J, 이제 다섯 살이에요! 언니예요!"

## 1월 2일 목요일

어디선가 조용한 노랫소리가 들려온다. 기분이 좋으면 J는 이렇게 노래를 부른다. 그곳이 버스든 지하철이든. 그런 날 밤이면 나도 어느새 J가 불렀던 노래를 흥얼흥얼.

1월 5일 일요일

J의 흔한 밤 풍경.
"같이 잘 거야! 애들이 좋아서!"
J, 엄마는 어디서 자라고…….

1월 11일 토요일

처음으로 치약 써본 날.
"오늘부터 치약 써보자!"
"치약 싫어!"
방구석으로 도망가는 J. 엄마의 단호함을 알아차렸는지
결국 억지로 양치를 한다.
"딸기 냄새가 나지만 먹으면 안 되는 거야!"
달콤한 딸기 향이 나는 치약을 먹으면 안 된다고 거듭 강
조했더니, J는 조금만 침이 고여도 얼른 세면대로 달려가
퉤 뱉고 온다.
"퉤! 퉤!"

1월 12일 일요일

요즘 J는 튤립 그리기를 좋아한다. 어찌 조용하다 싶어
가보면, 혼자 끼적이고 있는 때가 늘고 있는 요즘.

1월 13일 월요일

오늘 J가 내 허락 없이 빨래 건조대에 널려 있던 스타킹을 끄집어내서 신고 있었다. 어린이용으로 나온 자기 스타킹도 있으면서 굳이 어른 스타킹을 신어보고 싶은 그 작디작은 마음! 올이 조금 나가긴 했지만 무릎까지 오는 치마를 입으면 문제없는 상태여서 잘 빨아 널어두었던 스타킹인데……. J가 신어보는 바람에 올이 나간 세로줄이 발목까지 내려와버렸다. 옛다! 네 스타킹 해라!

"J, 어른 같지?"

1월 15일 수요일

"엄마, 나 발레리나 같아?"
J가 어린이집에서 발레 동작을 배워왔는지 힘껏 다리를 뒤로 올려본다. 할머니께 잘한다고 칭찬을 듣고는 좋아서 온 식구들에게 다 보여주느라 이 자세를 몇 번씩 취했던 J.

**1월 16일 목요일**

내가 요리나 설거지를 하는 동안 J는 부엌에 있는 것들을 가지고 놀곤 한다. 오늘은 일회용 비닐을 머리에 쓰고는 '요리사'라 한다. 노란 보자기를 막 젓고 있기에 무얼 하는 것이냐 물으니, 계란을 푸는 거란다. J는 곧잘 지켜보고, 곧잘 이해하고, 곧잘 따라한다. 나의 귀여운 요리사.

"압! 내가 요리사다!"

1월 17일 금요일

역시 아이스크림은 겨울에 먹어야 제맛이다.
다른 건 몰라도 아이스크림이라면 J도 어른만큼 먹는다.
심지어 민트 초콜릿 맛을 좋아한다. 나랑 똑같이!

1월 21일 화요일

많이 컸구나 싶을 때가 많은 요즘. 하지만 자는 모습을 보
면 역시 아기다. 쿨쿨…….

1월 26일 일요일

보자기 망토를 뒤집어쓰고 공주 코스프레를 하고 있다.
선물 포장에 붙어 있던 분홍 리본 스티커로 볼터치까지
완성. 몸에 스티커를 즐겨 붙이는 J.

1월 27일 월요일

나의 티셔츠, 비니, 허리띠로 나름 멋을 내고 우쭐해 있는 J. 내 티셔츠가 J에게는 원피스가 된다. 아직 멀었겠지만, 내 티셔츠가 J에게도 티셔츠가 되는 날을 상상해본다. 어른이 된 J의 모습을 상상하기조차 어렵지만, 어른이 되기까지 J가 겪게 될 날들은 더더욱 가늠할 수조차 없다. J가 겪게 될 수많은 날들을, 곁에서 함께 지켜보게 되겠지만 물론 내가 알지 못하는 날들이 점점 더 많아지겠지. J, 그때도 이렇게 엄마와 시간을 나누어줘.

1월 28일 화요일

매일 아침 벌어지는 풍경.
"아빠, 빨리 와~ 알았지?" ×10번.

1월 29일 수요일

J가 텔레비전을 볼 때는 이렇게 전자파 차단 안경을 끼게
한다. 나도 텔레비전을 보면서 J에게만 텔레비전을 아예
보지 않게 할 수도 없고, 엄마로서의 죄책감을 조금이나
마 덜기 위해서…….

1월 30일 목요일

아빠 팔은 똑같이 올라갔는데 엄마 팔은 왜 한쪽만 높이
올라갔냐며 그림책에 나온 인물의 포즈를 따라해보는 J.
아이들은 정말 그림책 그림을 구석구석까지 살펴본다.

2월 5일 수요일

오늘부터 5일 동안 일본에서 개인전을 연다.
여러 손님들이 찾아와주어서 J와 놀아줄 틈이 많지 않다.
엄마는 놀아주지 않고, 심심해진 J. 갤러리에서 혼자 노
는 법을 터득했나보다. 갑자기 격한 포즈들을 취하며 사
진 찍어달라고 한다. 찰칵, 찰칵, 찰칵!
1초마다 자동으로 바뀌는 멋진 포즈들. 아마 어린이집에
서 배운 태권도 동작인 것 같다.

## 2월 7일 금요일

J를 낳을 때 시댁에서 함께 지냈기 때문이기도 하고, 평소 버스나 지하철을 타고 다니는데 굳이 시선을 모으고 싶지 않아서 자연스럽게 J를 한국말로 키우게 됐다. 그러다 아는 동생이 엄마는 무조건 일본말, 아빠는 무조건 한국말을 사용해 아이를 키웠더니 아이가 외할머니와 통화할 때는 일본말을 한다는 얘기를 해줬다. 그때부터 의식적으로 일본말을 쓰기 시작했지만, J는 이미 엄마가 한국말을 할 줄 안다는 사실을 안다. 모르는 일본말이 나오면 "한국말로 해줘"라고 말해서 오래 못 간다. 그러다보니 J는 일본말을 잘하지 못한다.

오늘은 친구들이 갤러리에 놀러 왔다. 비슷한 시기에 아기를 낳은 일본 친구들이라 J도 갓난아이 때부터 그 아기들과 같이 놀았다. 예전엔 그냥 뒤집기를 하면서 장난감으로 놀면 됐지만, 이제는 아이들끼리도 이야기를 나누는 시기가 됐다. 그런데 J가 일본말을 할 수 없다. 그렇지만 그림은 말이 안 통해도 서로를 통하게 해준다. 오늘 J는 오랜만에 만난 친구들과 갤러리에서 그림을 그리며 놀았다.

2월 9일 일요일

"아이들을 가르치다보면 초등학교 1, 2학년 때 그림이 아주 좋아요. 3, 4학년 때쯤 되면 그림이 안 좋아지는 시기가 있어요. 어른들이 잘 그린다느니 못 그린다느니 옆에서 평가하기 때문이거나 아이들이 어른 그림을 흉내내려고 하다보니 생명력을 잃어버려서 그런 거예요. 그 시기를 잘 넘기면 다시 5, 6학년 때부터 다시 좋은 그림이 나와요. 당신 그림에는 수십 년씩 그려온 베테랑 화가 그림에서는 느껴지지 않는 생생한 '떨림' 같은 것이 있어요. 애정을 쏟아 부어 그리는 것이 느껴져요. 그 초심과 애정을 잊지 않고 그리면 좋겠어요."

오랫동안 아이들을 가르쳐온 분이 해주신 말씀. 완벽하지도 대단하지도 않지만 기억에 남는 '떨림'이 있는 그림을 그려나가고 싶다. 개인전 철수 끝.

2월 16일 일요일

엄마, 제발요! 아이스크림 사줘요, 응?

2월 18일 화요일

요즘 J는 모델 놀이에 푹 빠져 있다. 얼마 전까지만 해도
카메라를 들이대면 찍지 말라고 했는데, 웬걸. 요즘은 마
음에 드는 장소에 가거나 하면 먼저 "찍어줘"라고 말한
다. 집에서도 내가 "저기에 서봐" 하고 카메라를 꺼내면
쪼르르 달려가서는 갑자기 모델 포즈를 취한다. 숏마다
포즈를 바꾸는 건 또 어디서 보았는지 찍을 때마다 새로
운 포즈를 취한다. 너무 웃겨서 계속 찍다보니 수십 장이
나 찍어버렸다. 모델 본인은 진지하다.

2월 22일 토요일

침대 위에서 J가 말한다.
"엄마, 받아~!"
바닥에 앉아 있는 내게 정말로 전력투구한다. 때론 무섭
다…….

2월 23일 일요일

J 특기는 엄마 녹차라테 뺏어 마시기. 내가 워낙에 커피를 잘 마시지 않는 편이긴 하지만, 카페에 가면 J가 뺏어 먹을 걸 염두에 두고 일부러 녹차라테나 밀크티를 시킨다. 그런데 지난번에 누군가가 홍차나 녹차가 커피보다 카페인을 더 많이 함유하고 있다고 알려줬다. 두둥.

**2월 24일 월요일**

어린이집에 갔다가 집으로 돌아오는 길. 오늘부터 일주일
간 어린이집이 방학이다. 3월부터는 새 어린이집 형님 반
으로 올라가는 J. 겨울이 다 물러가려는 요즘, 봄이 기다
려지듯 다시 어린이집 가는 날이 기다려진다. 새로 자란
잎, 새로운 봄, 새로운 어린이집……. J와 함께 걷다보면
유독 세상이 더 새롭게 느껴진다.

2월 28일 금요일

매일매일이 패션쇼.
J야…… 그 옷 다 네가 치울 거지? 응?

## 3월 6일 목요일

새로운 어린이집에도 잘 적응하고 있는 J. 대견하고 고맙다.
저녁에 데리러 가면 완전히 어두워질 때까지 30분이든 1시
간이든 야외 놀이터에서 더 논다. 엄마는 가만히 앉아 있으
니까 추워 죽겠지만. J는 친구와 함께 놀이기구를 타고, 모
래밭에 앉아서 놀기도 한다. 오늘 J는 자동차를 타고 놀았다.
이제 J의 몸집이 많이 커버려서 작은 자동차에 탄 모습이 불
편해 보이는데도 재미있단다.
"빨간불이니까 멈추는 거야."
"이제 됐다~"

3월 10일 월요일

J가 "뽓따리, 뽓따리" 하기에 그게 뭔가 했더니 '보따리'를 말하는 거였다. 둘리가 가출할 때 보따리 멘 모습을 따라하고 싶다는 것.
"뽓따리 만들어줘! 둘리처럼!"
손수건에 장난감 몇 개를 넣고 붓에 매달아 즉석 가출 소녀 코스프레를 완성시켜줬다.

3월 12일 수요일

식사하는 동안에는 텔레비전을 끄기로 약속한 까닭에, 후식이나 간식을 먹을 때면 J가 반드시 하는 말, "텔레비전 보면서 먹을래!"
밥 먹을 때 보지 않고 잘 참았으니 안 틀어줄 수도 없고…… 하지만 틀어주면서도 무척 신경이 쓰인다. 되도록 이면 같이 놀아주고 그림책도 읽어주면 참 좋겠지만, 설거지도 해야 하고 이것저것 할 일이 많으면 어쩔 수 없이 텔레비전을 틀어주게 된다. 죄책감은 쌓이지만 아예 안 보여주는 건 불가능한 듯하고. 아…… 어찌하면 좋을까!

3월 13일 목요일

요즘 가위질의 매력에 푹 빠져 있는 J. 종이 쪼가리를 발견하면 "이거 잘라도 돼?" 묻고 조각조각 낸다. 사각사각. 사각사각. 무엇이든 가위질. 종이가 사각사각 잘려나가고 작은 종이 쪼가리들이 생기는 것이 마냥 즐거운가보다.

3월 14일 금요일

다섯 살이 된 이후로 사진 찍을 때 취하기 시작한 새로운
포즈. 볼에다 손가락 꽂기.

3월 18일 화요일

얼마 전 J와 함께 애니메이션 〈겨울왕국〉을 보고 왔더니, 며칠째 J는 겨울왕국 '엘사' 빙의. 지난주에 정점을 찍었던 것 같다. 매일 세 번씩 "Let it Go"를 표정까지 살려 연기했으니까. 요즘 딸과 함께 〈겨울왕국〉을 보고 온 모든 엄마들이 한 번씩은 겪어본 장면일 것이 분명하다! J가 특히 좋아하는 장면은 엘사가 "레릿고~ 레릿고~!" 하면서 애틋하게 머리를 풀어헤치는 장면. 짧은 머리칼로도 열심히 따라해본다.

3월 20일 목요일

지난 주말에 헤이리에서 열린 전시 체험장에서 만든 로봇
가면을 쓴 J.

3월 21일 금요일

나는 평소에 편하게 입을 수 있는 치마바지를 즐겨 입는
다. 오늘은 J가 나를 빤히 보더니 자기도 똑같이 입고 싶
다며 '깔맞춤'으로 옷을 입는다. 딸과 엄마의 커플룩. 그
러고 보니 일부러 커플룩을 맞춰 입은 적은 없었네. 언제
한번 특별한 날에 입어봐야겠다.

3월 24일 월요일

새로운 어린이집에 계속 적응해나가고 있는 J. 오늘은 학교 식당에서 밥을 먹고 잠시 연구실에 데려왔다. J는 금세 아지트를 꾸렸다.

3월 27일 목요일

아직은 절제미를 모르는 꼬마 패셔니스타 J.

3월 28일 금요일

J는 꼭 작은 나 같다. 물감으로 펜으로 자유롭게 쓱쓱 싹싹 그린다. 그동안은 내 도구들을 쓰게 해주었는데, 아예 J용 으로 작은 팔레트를 사줬다. 마음껏 그리렴.

## 엄마 이름

"아빠 이름은?"

"홍성민!"

"엄마 이름은?"

"히토미!"

"엄마 성은 뭐야?"

"어…… 성이 뭐야?"

"히토미 앞에, 무슨 히토미야?"

"…… 아! 사카베 히토미!"

Part 2.

4, 5, 6월

4월 1일 화요일

보자기 망토와 긴 양말 장갑, 머리끈 왕관.
"The cold never bothered me anyway" 하면서 망토를
날려 보내고, "Well now they know" 하면서 장갑을 벗어
던지고, "Let it go, let it go" 하며 머리끈을 던지고 머리
를 풀어헤친다.
아직 끝나지 않았다. 오히려 처음보다 더 본격화된 엘사
놀이.

**4월 2일 수요일**

같은 반에서 '인기 짱'인 공주 같은 친구 S양과 베스트 프렌드가 된 J. 선생님께서 귀띔해주시기를, 다른 친구들이 S양과 놀고 싶어하는데 S양이 J만 좋아해서 아이들이 슬퍼한단다. S양의 사랑을 독차지한 J! 요즘 자주 S양 집에 놀러가서 드레스 패션쇼 같은 걸 하며 놀고 있다.

4월 5일 토요일

꽃샘추위. 꽃이 피는 걸 시샘하는 추위라니, 이렇게 딱 맞
는 말은 누가 만들어냈을까? 벚꽃은 흐드러지게 폈는데 갑
자기 겨울 날씨처럼 추워졌다. 겨울보다도 더 추워져버리
는 날들, 이맘때면 J의 옷도 더욱 따뜻하게 입혀야 한다.
그런데 J는 그네 삼매경. J, 빨리 집에 가자~ 춥다.

4월 7일 월요일

텔레비전 때문에 완전히 잊힌 귤.

4월 8일 화요일

일본에서는 널리 보급된 장난감 후키모도시吹き戻し, Party
Horn. 한국에서도 가끔 이 장난감을 보긴 하는데, 인터넷
에서 검색을 해봐도 정확한 한국식 이름은 나오질 않는
다. 후~ 불면 쭉 길어지고 들이키면 다시 돌아오는 호루
라기 같은 장난감이다. 일본에서 가져왔던 것을 한동안
갖고 놀다가 종이로 된 거라 좀 쓰다보니 찢어져버려서
몰래 처리했던…….

4월 10일 목요일

집중해서 자기가 생각하는 바를 열심히 그려내고 있는 J의
모습을 발견했다. 혼자서는 앉지도 못하고 밥도 못 먹었던
시절이 생각나면서 저절로 나오는 탄성. "많이 컸다!"

4월 14일 월요일

J와 함께 오스트리아 화가 분의 전시장을 방문했다. 그분
이 J의 사진을 찍겠다고 해서 봤더니 J와 서로 의기투합
해서 찰칵, 찰칵, 찰칵! 모델과 카메라맨 역할에 빠졌다.
주변에서 보던 사람들은 웃음보가 터졌지만 카메라맨과
모델만 왕 진지.

4월 15일 화요일

어린이집 마당에도 벚꽃이 피었다. 바람이 불 때면 연분홍빛 잎들이 흩날린다. 꽃잎을 만져보고 싶은지 벚꽃나무 아래에서 손을 뻗으며 깡충깡충 뛰던 J.
"손이 안 닿아요~~~!"

5월 3일 토요일

동대문디자인플라자에 갔다가 8거리에 전시된 '타요 버스'를 본 J. 아이들은 저렴한 장난감일수록 오래 잘 놀고, 무엇이든 장난감으로 바꾸어버리는 능력이 있다더니, J 는 타요 버스 앞에 있던 손잡이에서 한바탕 놀았다.

**5월 4일 일요일**

아이들은 엄마의 신발을 신어보고 어른이 되는 상상에 빠지곤 한다. 어른 여성은 도대체 언제쯤 되는 걸까? 나는 2013년에 그림책 『내가 엄마 해야지』의 그림을 그렸었는데, 당시에도 J 행동들을 많이 참고했다. 그 책 첫 펼침면에 실린 그림이 바로 아이가 엄마의 하이힐을 신어보는 그림이었다. 세 살 때부터 쭉 그래왔지만, 다섯 살이 된 지금도 엄마의 신발 마법은 여전히 유효하다.

5월 5일 월요일

뿌잉뿌잉~ J식 애교.

5월 6일 화요일

J는 요즘 어린이집에서 발레를 배우고 있다. 집에 와서도
엄마에게 스트레칭 동작을 알려준다. 다리를 펴고 앞으로
쭉~ 몸을 숙이며 이어지는 친절한 설명.
"요렇게 다리 펴고 스트레칭을 하는 거야~"

5월 7일 수요일

오늘도 어김없이 발레 시간에 배웠던 동작을 보여주는 J.
'나비 다리'와 '다리를 쭉 펴고 포인!' 등등. 어디서 많이
봤다 싶었더니 내가 요가 시간에 배우는 스트레칭 동작들
도 있다.

5월 9일 금요일

전날 밤에 비가 오고 나면, 아침에 어린이집 가는 길에 웅
덩이가 생겨 있다.

5월 12일 월요일

엄마의 일거수일투족에 관심이 많은 J. 특히 화장대 옆에
와서 화장하는 모습을 관찰하는 것을 좋아한다. 눈썹 그리
는 게 좋아 보였는지 혼자 눈썹을 그리기 시작. 오드리 헵
번처럼 짙은 일자 눈썹을 그렸다. 눈썹 하나로 사람의 이
미지가 이렇게 바뀌는구나 싶다.
"누구세요?"
"엄마, J 예뻐?"
거울과 엄마를 번갈아 보면서 10번은 물어봤다. J는 눈
썹이 거의 없는 편인데 눈썹을 그려놓으니 영 J 같지가
않다. 예쁘지만 너 같지가 않다고 대답했더니 J왈, "내가
보기에는 예쁜데?" 그런 말은 또 어디서 배웠을까.

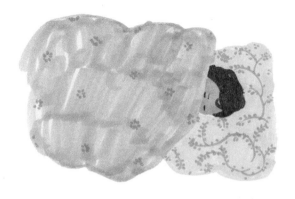

5월 14일 수요일

J는 삐치면 이불 속에 쏙 들어가서 눈물이 글썽거리는 눈만 내놓고 있다. 조용한 항의.

5월 16일 금요일

J는 모델 놀이는 좋아하지만 사실 사진에 예쁘게 찍히는
요령 따위는 모른다. 카메라를 들이대면 수줍은, 그러나
마음에서 우러나오는 함박웃음을 짓는다. 눈이 없어진다.

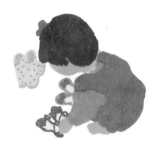

5월 18일 일요일

요즘 더 쑥쑥 크는 J. 신발이 금방 작아져서 오늘 구두와 운동화를 하나씩 새로 사줬다. 주말이 끝나고 내일은 다시 어린이집에 가는 월요일이다!

"내일은 뭐 신지?"

행복한 고민에 빠진 J.

5월 23일 금요일

작년 가을에 할머니가 사주신 원피스를 꺼내 입었다. 옷이 많이 작아졌다. 아직 1년도 채 지나지 않았는데 말이지…….

5월 26일 월요일

엘리베이터를 타면 발레 시간에 배운 것처럼 손잡이를 잡고 다리를 들어올려본다. 물론 우리 둘이 탔을 때만.

5월 30일 토요일

텔레비전에 빠진 J도圖.

6월 3일 화요일

경마공원에 가서 오랜만에 스케이트보드를 타본 J. 겁이
났는지, "잡아줘! 계속 계속 잡아줘!" 한다.

6월 7일 토요일

버스를 오래 타고 가다보면 창밖을 멍하니 바라보고 나름
어른스럽게 사색하는 J의 모습을 발견한다.

6월 8일 일요일

J, 아무리 예쁜 드레스를 사줘도 엄마 옷이 더 좋아 보이는
구나! 엄마 원피스를 향한 로망은 끝이 없다. 내 원피스를
입고 다가오는 J.

뒤뚱뒤뚱…….

6월 10일 화요일

줄곧 1층에서만 살아서 엘리베이터 탈 일이 없었는데, 몇
달 전에 이사 온 집은 3층이라 엘리베이터를 타고 다닌
다. 요즘 J는 엘리베이터 버튼 누르는 데 재미를 붙였다.
"J가 누를 거야!" 하고 얼른 뛰어가서는, 내려가는 버튼
을 누른다. 아직 글자를 모르는데도 숫자 '3'만은 기억하
는지 3층 버튼을 누르고는 "여기가 우리 집이야~" 한다.
닫힘 버튼까지 누르면 엘리베이터 매너의 완성.

6월 11일 수요일

앱을 이용하여 D사의 유아식기의 꽃무늬 로고를 찍으면
음악이 나오고 꽃이 함께 피어난다.
카메라로 사진은 많이 찍어봤지만 증강현실은 처음 경험
해보는 J.
"J도 해볼래!" 하곤 한참을 뚫어져라 쳐다본다.

6월 15일 일요일

"J는 엄마가 정~~~말 좋아!"
"왜?"
"화장하면 예뻐서."(단호하다)
"화장을 안 하면?"
"안 예뻐."(단호하다)
"……그럼 화장 안 한 엄마는 싫어?"
"그래도 엄마 좋아!"

병 주고 약 주는 솔직한 J.

6월 17일 화요일

우리 집 잠자는 공주님.

6월 20일 금요일

여름이 다가오는데 아직도(!) '엘사앓이'중인 J. 수건으로
긴 머리카락을 만들고 엄마 원피스를 입고 엘사 코스프레
중. 엘사처럼 한껏 꾸미고는 금세 텔레비전을 보고 있다. J
의 영원한 우상, 엘사.

**6월 21일 토요일**

가끔 예술시장에 나가서 초상화를 그려주거나 엽서를 판
매한다. 엄마가 다른 사람을 그리고 있으면 J는 샘이 나
는지 자기도 그려달라고 한다. "J도 또 그려줘!" "왜 머리
를 짧게 그렸어!" "어, 엘사처럼 그려줘야 돼~" "꽃도 그
려 줘."
J는 주문이 많은 손님.

6월 25일 수요일

J는 분홍색을 좋아한다. 분홍색으로 된 예쁜 꽃 모양 컵에 음식을 담아주면 무엇이든 잘 먹는다. 요즘은 어린이집에서 물을 많이 마시는 것이 몸에 좋다고 배워서 그런지 "엄마, 물 줘!" 하고는 벌컥벌컥 물을 마신다. 다 마신 후에는 엄지를 치켜들고 "역시 물이 최고야~!" 한다.

6월 26일 목요일

J는 이제 집 문 번호키도 혼자 열 수 있다. 엘리베이터에서 뛰쳐나와 제일 먼저 집 앞에 선다. "J가 얼~~마나 잘하는지 봐봐!" 한 다음 '띠띠띠띠띠 삐용' 하고 문을 열고는, 엄마 얼굴을 빤히 올려다본다.

6월 27일 금요일

요즘 어린이집에서 '개미'의 생태에 대해서 배우고 있다.
학부모 참관 수업에서 아빠와 함께 고구마와 초콜릿 가
루, 이쑤시개로 개미를 만들었다.

**6월 28일 토요일**

친한 언니, 오빠들 가족과 함께 리조트에 갔다. 외동딸인 J
는 언제나 언니나 여동생이 있으면 좋겠다고 말하는데, 이
렇게 다른 가족들과 함께 여행을 갈 때면 그 바람이 이루어
진다. J는 초등학생인 M 언니를 잘 따른다. 아침에 언니가
산책을 간다니까 따라가서 함께 체조를 하고 있다.

6월 29일 일요일

강한 햇볕. 여름이 왔다.

6월 30일 월요일

시댁 근처에 강아지가 있는 편의점이 있다. 가게에 손님이 들어오면 두 마리가 달려 나오는데, 그때마다 J는 늘 나한테 찰싹 안기곤 했다. 오늘은 한 마리는 가게 안쪽 집에 있었고 또 한 마리는 계산대 옆에 맥주 박스 위에 방석을 깔고 누워 있었다. 오늘은 어쩐 일인지 J가 강아지를 가까이서 보려고 조금씩 다가갔다. 가만히 있는 강아지를 보고 "안녕?" 했더니 강아지가 일어서려고 한다. J는 얼른 나한테 달려와서 안겼다.

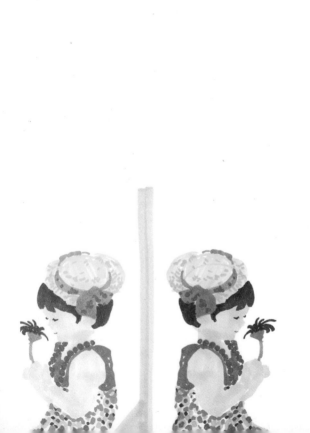

## J의 끝말잇기

김치 - 치라 - 락락 요리 - 리본 - 몬스터 - 어?
다른 것 해봐!
그럼……
숟가락 - 닭닭 꼬꼬댁 닭

목걸이 - 리스 (りす, 다람쥐) - 스이카 (すいか, 수박) - 카메
라 - 라이온 (ライオン, 사자)
'ㄴ (ん)' 붙으면 끝이야~!

아아, 다시 할 거야!

Part 3.

7, 8, 9월

7월 12일 토요일

코엑스에서 열린 한 페어에 라이브 페인팅 작가로 초대받아 4일 동안 그림을 그리고 있다. 폭 6미터, 높이 2.4미터 정도 되는 벽면인데 이런 그림은 처음이라 속도 조절을 잘못해 첫날에 거의 완성해버렸다. 어제부터는 초원의 풀들만 조금씩 만지고 있는 상태. 주최 측에서 무언가 더 볼거리를 원하기에 '모녀 페인터' 콘셉트로 J를 영입했다! 집에서 그리던 작은 도화지 대신 몸집보다 훨씬 더 큰 벽면에 마음껏 물감으로 그려도 된다고 하니 J는 적극적이고 과감하게 그림을 그렸다. 반응도 내 그림보다 좋았다. 그림도 판매했는데 어떤 분이 "출구로 나가려는데 그림들이 너무 아른거려서 다시 돌아왔어요"라며 네 점 모두 사가셨다. 내 그림이 누군가의 마음을 움직였을 때 행복하다. 그림 그리기를 잘했다는 생각이 들었던 하루.

7월 20일 일요일

아빠와 놀러가서 처음으로 페이스페인팅을 해본 J. 고양이
처럼 그렸더니 신기한지 자꾸 거울을 보고 좋아한다.
"내일 선생님이랑 친구들에게 보여줄 거야."
내일은 월요일이라 어린이집에 가야 하는데 그림이 지워질
까봐 목욕하기 싫단다. 다행히도 폴라로이드 사진 찍은 게
있어서, 결국 어린이집에는 사진을 가져가기로 하고 시원
하게 씻어냈다. 이모한테 옷도 선물 받아서 기분이 좋은가
보다. 선물 받은 옷을 입고 인증샷!

7월 22일 화요일

삼촌 대학원 졸업 사진을 찍으러 가족들이 모였다. 날이 더
웠다. 가만히 있어도 땀이 줄줄 흐르는 무더위. 여름용 가
운은 따로 없는지 겨울용 두꺼운 가운을 입은 삼촌은 얼마
나 더웠을까. J도 삼촌의 학사모 쓰고 찰칵. 기념촬영이 끝
나고 근처 편의점에서 먹은 아이스크림이 별미였다.

7월 24일 목요일

타요 버스와의 만남. J는 길 건너편에 타요 버스(정확한 이름은 로기)를 발견하고는 멍하니 지켜본다. 예전에도 차를 타고 가다가 옆에 있던 버스가 타요 버스였던 적이 몇 번 있었고, 동대문디자인플라자나 캐릭터 페어 같은 데서 전시되어 있는 타요 버스를 타본 적은 있지만 J가 실제로 운행되고 있는 타요 버스를 타본 적은 없다.

"나도 타요 버스 타고 싶다……."

버스가 안 보일 때까지 바라보고 서 있다.

7월 26일 토요일

텔레비전 프로그램 〈개그 콘서트〉에서 '브라우니'라는 캐릭터가 등장하는 코너가 방영된 것은 한참 전의 일이지만, 그 여파로 아직도 여기저기 카페 같은 곳에 브라우니 인형들이 남아 있다. 집 근처 키즈 카페에도 왕관을 쓴 인형, 쓰지 않은 인형 등 여러 종류의 브라우니가 있다. 유행은 지났지만 텔레비전에서 봤던 것이 자신의 눈앞에 있다는 것은 아이에게 신나는 일.
"엄마, 이것 봐봐! 브라우니 있어!"
브라우니와 함께 소꿉놀이도 하고 사진도 찍었다.

7월 27일 일요일

집으로 돌아오는 길, 주차장 입구에 있는 바를 가지고 림보를 하는 J. 물론 J에게는 이 바가 높아서 하늘을 올려다보고 그 밑을 걸어오기만 하면 그만이지만.

**7월 28일 월요일**

수유동에 일본의 아기자기한 카페 스타일로 꾸민 갤러리
카페가 있다. 조용한 동네 분위기와 잘 어울리는 공간이라
그곳에 가면 서울을 떠나 다른 세상에 도착한 것 같은 기분
이 든다. 그 카페에서 7월 한 달간 소품 위주의 작은 전시를
가졌다. 오늘은 예약을 받고 초상화를 그렸다. 철수까지 마
치고 나니 어두워졌다. 고생했던 모두를 위해 저녁식사는
갤러리 근처 약초밥 전문점에서!

7월 30일 수요일

"라푼젤처럼 머리가 길었으면 좋겠다~"
라푼젤이 되고 싶은 J는 엄마의 시폰 치마를 자주 머리에
뒤집어쓴다.

**7월 31일 목요일**

지난주부터 어린이집에서도 물놀이가 시작되었다. 작년 여름이 끝나갈 무렵 J에게 사줬던 수영복을 꺼내주었다.
"아! 이거 내 수영복이지? 입어볼래!"
눈 깜짝할 사이 수영복을 입고 거울 앞에 서 있다. 약간 수줍어하면서도 수영모자까지 완벽하게 갖추어 쓰고 거울 속 모습을 바라보고 있다.

8월 1일 금요일

노르웨이에서 친척 결혼식이 있어 겸사겸사 가족 유럽 여
행을 떠난다. J를 데리고 가는 첫 장거리 여행이다. 비행시
간이 길어 걱정했지만 J는 수면 안대를 끼고 혼자 잘 잔다.
어릴 적부터 일본을 가는 비행기를 많이 타봐서 딱히 비행
기 타는 것 자체가 새로운 일은 아니라서 그런가, 어쨌든
다행이다. 사실 공항까지 가는 버스 안에서가 더 난리였다.
"비행기 타는 데 언제 도착해?" "J 재미없어~" "버스가 왜
이렇게 안 가?"

## 8월 3일 일요일

파리에서 처음 방문한 곳은 루브르. 나는 규모에 압도당해
흥분한 상태였지만, J는 처음 몇 점을 보고는 자꾸 안아달
라고 보채고 저기압 상태. 엄마의 관심이 온통 그림들에 쏠
려 있다는 점, 이것이 언제까지 지속될지 모른다는 점이 J
의 짜증을 배가시켰던 것 같다. 마지못해 감상을 빨리 끝내
고 미술관을 나와 바로 옆 튈르리 정원에서 점심을 먹기로
했다. 어둡고 혼잡한 공간에서 나와 햇빛을 받으며 넓은 산
책로를 걸으니 가슴이 확 트인다. 나무 그늘에 자리를 잡고
앉아 바게트를 뜯어 먹으며 충전!

8월 4일 월요일

프랑스 바게트가 그렇게 맛있다고 하는데 나는 벌써 밥이
그립다. 빵과 치즈와 햄, 시리얼로 지낸 지 4일째, 소화가
잘 되지 않는다. 파리 근교에 사는 지인 집에서 머무르기로
했는데, 다행히 이곳에 밥솥이 있어 밥을 지어 햄을 얹어 먹
었는데 정말 맛있었다. 미국에서는 아시안마트 같은 곳에서
라면이나 쌀을 파는데 유럽은 슈퍼마켓에 컵라면조차 없어
서 놀랐다. 방심했다. 다음엔 꼭 즉석밥을 챙겨 가리다!

8월 5일 화요일

오르세 미술관을 찾아가는 길. 지하철이 공사중이라 예정
에 없던 버스를 타고 가야 했다. 햇볕 아래 서서 20분이나
버스를 기다렸다. J는 몇 번이고 "엄마, 버스 언제 와?" 하
고 물어봤다. 지나고 보면 이런 것도 '여행의 맛'이겠지.

8월 6일 수요일

몽마르트르 거리에 갔다. J도 초상화를 그리고 싶다고 했는
데, 생각 이상으로 가격이 비싼데다 크기가 커서 운반하기
가 힘들 것 같아 내가 그려주기로 했다. 길가에 걸터앉아 J
와 같이 그리고 있으니 몇몇 사람들이 몰려와 사진을 찍었
다. 휴대폰으로 사진을 찍으며 엄지를 치켜들고 환하게 웃
던 에콰도르 중년 남성이 인상적이었다. 어떤 모녀가 우리
를 찍은 사진을 보내주겠다고 해서 메일 주소를 알려줬는
데 소식이 없다.

## 8월 7일 목요일

파리에서 스위스로 가는 테제베TGV를 탔다. 어린이를 동반한 두 가족이 카드 게임을 하고 노는데 이어폰을 꽂고 다른 무언가를 듣지 않으면 견디기 힘들 정도로 시끄러웠다. J는 아이패드의 힘을 빌려 조용히 있어 엄마의 마음을 편안하게 해주었다. 도착하기 직전 어떤 할머니가 그 가족들에게 애들 좀 조용히 시키라고 소리쳤다. 어느 나라 말인지조차 모르겠지만 표정으로 봐서는 아마도 그렇게 말한 것이 분명하다.

8월 8일 금요일

스위스에서 레만 호로 갔다. 신발을 벗고 발을 담갔다. 발을 씻으러 화장실로 가는데 J가 "엄마 봐봐! 하트 나무가 있어!" 하며 옆을 가리킨다. 정말로 나뭇잎이 자연스럽게 하트 모양으로 우거져 있다.

8월 9일 토요일

오스트리아 할슈타트. 요즘 J는 예쁜 꽃이 있으면 조심스
레 딴다. 이날도 빨간 꽃 하나를 따서 가지고 다녔다. 점심
때 레스토랑에 들어가서 요리를 기다리는데 식탁에 놓여
있던 나이프와 포크로 네모 모양을 만들었다. 뭐냐고 물어
보니 꽃잎에게 집을 만들어준 거라 한다.

8월 10일 일요일

오스트리아 잘츠부르크에 있는 미라벨 궁전. 처음에는 이
번 여행중에 그림을 많이 그리겠다고 다짐했지만, 갈수록
보고 즐기고 사진만 찍고 점점 그림을 그리지 않고 있다.
모처럼 앉아서 느긋하게 그림을 그릴 수 있던 곳이라 벤
치에 앉아서 워터브러시와 휴대용 고체 물감으로 스케치
를 했다.

8월 11일 월요일

오스트리아에서 지인이 얼마 전 새로 지은 집에 들렀다.
교외라 집이 띄엄띄엄 있는 한적한 주택가였는데, 집들이
하나같이 뜰이 있는 예쁜 집이었다. J의 관심을 끈 것은
뭐니 뭐니 해도 마당에 설치된 거대한 트램펄린. "꺄호~!"
소리를 지르며 뛰어 논다.

8월 12일 화요일

유럽에서 나라와 나라 사이를 자가용으로 이동할 때면 고속도로에 있는 화장실과 야외 테이블, 의자가 있는 휴게소에 몇 번 들렀다. 운전도 힘들지만 확 트인 풍경이 제대로 보이지 않는 뒷자리에서 아이와 단둘이 몇 시간씩 앉아 있으면 나중엔 머리가 벙벙하고 아무 생각이 없어진다. 신선한 바깥 공기와 햇볕을 맞으며 땅에 발이 닿아 있는 휴식 시간 덕에 한결 상쾌해진다!

8월 14일 목요일

다시 한국. 조용한 아이스크림 쟁탈전. 어느새 여름이 다 지나가고 있다.

8월 16일 토요일

J의 외할아버지, 외할머니가 집에 다녀가셨다. J는 그동안
은 엄마 아빠를 찾지 않는다. 어린이집 갔다 와서는 "오지
짱, 오바짱 아직 집에 있어?" 하며 얼른 확인부터 했다. 주
중에 외할아버지, 외할머니와 같이 어린이집에 등원했는데
선생님께서 보시고 바로 J 외할아버지인 줄 알았다고 하신
다. 눈매가 J랑 닮았다고.
아침에 부모님을 공항에 모셔다드리고 왔는데 오후에 보니
J가 방에서 눈물을 뚝뚝 흘리고 있다. "오지짱, 오바짱 보
고 싶어~" 하며 참았던 울음을 쏟아낸 것. 집에 계시다가
안 계시니까 빈자리가 많이 느껴졌던 모양이다. 곧 외할아
버지 외할머니 댁에 놀러 가자!

8월 18일 월요일

외할아버지, 외할머니가 왔다 가시니까 J는 일본에 놀러 갔던 추억들이 자꾸 떠오르나보다. 밤에 자려고 누워서 불쑥 "오지짱, 오바짱 집에 놀러 가고 싶어!" 하는 요즘. 1~2년 전 여름에 친정 미에三重 현에 다녀왔던 때를 추억하며 그려 보았다. 우리 친정은 바닷가에 있다. 정말 집 앞 문을 열고 나가면 바로 바다다! 초등학교 때 항상 집에서 수영복 입고 튜브를 낀 채로 바다까지 달려가서 수영했던 기억이 난다. 그림에서 소금기를 머금은 바닷바람 냄새가 나는 것 같다.

8월 20일 수요일

요즘 부쩍 친해진 부녀. 나도 어렸을 때 "아빠와 결혼할 거야!"라고 해서 부모님께서 한참 웃으셨던 기억이 있다. 예전에 대학원 수업을 같이 듣던 동생에게 그 얘기를 했더니 정색하면서 그러면 큰일 난다고 해서 당황했던 기억도 난다. 우스갯소리일 뿐인데 설마 말 그대로 받아들일 줄이야. 여자아이가 어릴 때 아빠와 결혼할 거라고 말하는 건 그만큼 아빠와 사이가 좋다는 증거다. 어릴 때는 너무 엄마만 찾아서 힘들었는데 클수록 아빠와도 즐겁게 지내니까 든든하다.

## 8월 22일 금요일

왔다 안 왔다. 비가 우리의 마음을 들었다 놨다, 들었다 놨
다 하고 있다. J는 비가 그쳐도 "우산 쓰고 갈래~!" 한다.

8월 23일 토요일

아빠 예비군 가는 날 아침.
"아빠 오늘 '충성!' 가는 거야~?"

8월 25일 월요일

또 시작이다. J in 엄마 원피스. 나한테 무릎 길이인 원피스
가 J에겐 롱드레스가 된다.

8월 28일 목요일

이탈리안 레스토랑에 다녀왔다. 문을 닫는 시간이 얼마 남지 않아 가게 안은 한적했다. 옆자리에 사람이 없고 그 옆자리도 사람이 없는 걸 보고 그녀는 대담해졌다! 발레리나가 빙의되어 소파를 누빈다. 소파는 나의 무대……!

8월 30일 토요일

어제부터 이틀 동안 덕수궁 돌담길에서 아트 마켓에 참여하고 있다. 음악 공연도 있었는데 나는 부스를 지키고 J는 노래하는 것을 보고 온다고 혼자 쪼르르 갔다. 잘 있나 가봤더니 다른 사람들은 다 길 건너편 의자에 앉아 감상하는데 J 혼자 코앞에 쭈그려 앉아 있었다.

9월 8일 월요일

명절에는 서울에 있는 증조할아버지 댁에 모인다. 한복을
입고 갈 수 있다는 것이 마냥 좋은 J. 아빠와 삼촌들이 절
을 하는 것 보고 "왜 이렇게 인사를 많이 해?" 하고 묻는
다. 평소에 놀아주던 엄마와 할머니는 일을 하느라 바쁘
고, 식사를 먼저 마치신 증조할아버지와 손녀딸이 나란히
소파에 앉아 있다. 서로 할 말은 별로 없지만 그냥 그렇게
앉아 있다.

9월 13일 토요일

경차를 구입했다. J와 함께 주차장에 걸어가면서 수많은 차 중에서 '우리 차 찾기'를 한다.
"우리 차 찾았다~"
아빠가 차를 닦는 모습을 보고는 J도 함께 차를 닦는다. J 에게 딱 맞는 아담한 우리 차.
"우리 차야, 고마워!"

9월 15일 월요일

작년까지만 해도 걸어가다 J가 힘들어하면 아빠가 목말을
태워주기도 했는데, 요즘은 하루가 다르게 커서 어느새 목
말을 타지 못할 정도가 됐다. 아기보다 어린이의 모습이 많
이 보이는 요즘.

**9월 20일 토요일**

17일부터 코엑스에서 열린 한 페어에서 라이브 페인팅을 하고 있다. 지난번에 속도 조절에 실패했던 기억이 있어 속도를 조절하면서 매일 조금씩 그린다. 폭이 4.8미터, 높이가 3미터라 사다리를 타고 다니면서 그렸다. 마지막 날인 오늘은 주말이라 J를 데리고 있으면서 마무리 작업만 했다. 이번에는 J가 그림을 그릴 수 있는 벽이 따로 없어서 내 그림 꽃밭에 꽃을 그리게 했는데 생각보다 너무 거대하게 그렸다.

9월 29일 월요일

어린이집 2층에 J가 좋아하는 교실이 있다. 커다란 창이 있
는데 J는 그 앞에 누워 멍하니 창밖을 바라본다. 나도 사색
에 잠기는 일이 많은 아이였는데……. 누구에게나 자기만
의 특별한 비밀 기지가 필요한 법!

176

## 요즘 J의 궁금증

"엄마, 스티커는 뭐로 만들었어?"

"밤은? 낮또는 뭐로 만들었어?"

"달이랑 별은 뭐로 만들었어?"

"사람은 뭐로 만들었어?"

"꽃은 뭐로 만들었어?"

"엄마, 딸꾹질은 뭐로 만들었어?"

Part 4.

10, 11, 12월

10월 1일 수요일

J는 아직 한 번도 미용실에 가보지 않았다. 두세 살 때 짧은 머리로 찍었던 사진을 들춰보면서 "귀엽다! J가 이랬었네!" 하며 보고 있으니까 갑자기 "엄마, 머리 잘라줘. 지금!" 한다. 엘사처럼, 라푼젤처럼 머리를 길러서 묶고 다니는 게 소망이었는데 웬일로! 이때다 싶어서 얼른 세팅.

10월 2일 목요일

책상에서 책이 몇 권 없어졌다 싶었는데 J가 엄마의 두꺼운 전공 서적을 무릎 위에 펴놓고 "샬라 샬라 샬라~~~" 엉터리 영어를 하고 있다.

**10월 8일 수요일**

J가 어린이집 친구에게 배워온 노래를 부르며 논다.

"코카콜라 맛있다! 맛있으면 또 먹어! 또 먹으면…….."

"근데 선생님이 콜라 많이 먹으면 뼈가 녹는다고 하셨는데?"

10월 10일 금요일

나와 J 단둘이 차를 타면 나는 운전을 해야 하기에 J를 혼자 놀게 놔둘 수밖에 없다. 휴대전화를 달라고 해서 쥐어줬다. 집에 돌아와 휴대전화 사진 갤러리를 보다가 발견한 사진이다. 밤길을 달리는 차 뒷자리에서 J가 혼자 찍은 셀카. 이럴 때는 동생이 있었으면 싶다.

10월 15일 수요일

양치를 해줄 때 충치가 의심되는 부분이 있어 검진을 받으러 왔다. 태어나서 딱 두번째로 찾아간 치과. 접수대 대리석에 비치는 자기 모습을 거울처럼 바라보며 놀다가 이름이 호명되어 의자에 누웠다. 역시 충치였다. 어린아이일수록 충치가 빨리 진행된다고 하여 바로 치료를 받기로 했다. J는 낯선 사람들 앞에서 난리를 치는 성격이 아니라서 쥐죽은 듯이 조용히 치료를 받았다. 선생님이 "몇 살이에요? 엄청 잘 하네~" 하고 칭찬해주셨다.

10월 16일 목요일

예술의 전당에 로저 멜로Roger Mello 전시를 보러왔다.

"선 밟으면 안 돼~"
"J도 다 알아!"

타일만 보면 시작되는 게임, 선 피하기 놀이.

10월 17일 금요일

"엄마, J 여기 와봤지?"
"응."
"J도 다 알아. 길에 새 똥이 있었지?"

단풍이 든 학교에서.

10월 19일 일요일

우리 집에서 유일하게 온 식구가 모여서 함께 보는 텔레비
전 프로그램은 〈개그 콘서트〉. 우리 집 부녀가 '개콘' 보는
자세.

## 10월 30일 목요일

어제는 처음으로 일본행 비행기를 놓쳤다. 지금까지 수없이 왔다갔다했지만 한 번도 그런 적이 없어서 방심했다. 새벽 2시까지 짐을 싸고 이것저것 준비하다가 잤더니 5시에 일어나지 못한 것. 티켓을 날리고 다시 다음날로 예약했다. 어젯밤은 9시 반에 억지로 이불 속에 들어가 누웠다. 또 표를 날릴 수는 없어……. 새벽부터 일어나 필사적으로 찾아온 공항.

11월 1일 토요일

일본 집 마당에는 작은 개를 풀어놓고 산다. 이름은 헝크.
가족들이 다가오면 산책을 가는 줄 알고 흥분해서 달려든
다. 개를 유난히 무서워하는 J는 마당을 지나다닐 때마다
"헝크 있으니까 안아줘!" "헝크 묶어놔!" "엄마, 헝크 쓰레
기통에 버렸으면 좋겠어." "헝크 나빠……" 하면서 안절부
절못한다. 그런데 오늘은 웬일로 헝크와 같이 산책을 가겠
다고 한다.
바닷가 모래사장에서 일을 보고 나서 흙을 뿌리고 가는 걸
보고 "헝크는 응가 했는데 왜 안 닦아?" 한다.

11월 2일 일요일

"엄마 이것 좀 봐봐~"
일본에서 친구 집에 놀러 갔을 때 J는 벽장에 들어가 숨바
꼭질을 하며 놀았다.
"문은 닫지 마!"

11월 5일 수요일

일본 집에서 돋보기를 발견한 J. 한국 집에는 없던 물건이
라 신기한지 하루종일 가지고 다니며 들여다본다.
"엄마 찾았다!"

## 11월 8일 토요일

이번에 일본을 방문한 주 목적은 모 트리엔날레에 참여하기 위해서였다. 미술관이 아닌 문화재나 빈 상가 등의 공간을 이용하여 실험적인 현대미술 작품을 전시한다. 나는 옛날에 상점이 있던 빈터에서 라이브 페인팅을 했다. 첫날에 완성해버린 그림은 바로 집 뒤쪽 공간에 전시되었다. 오늘은 J를 데리고 부모님이 구경을 오셨다. 아이를 데리고 관람을 오는 가족들도 많아서 J도 자연스레 여기저기 돌아다녔다. 여자아이가 그려진 걸 보면 이렇게 묻는다.

"엄마, 이거 J지?"

**11월 13일 목요일**

김포공항에 도착. J는 거울에 비친 자기 모습에 관심이 많다. 공항에서도 수하물 나오는 것을 기다리며 거울 앞에서 논다. 근데 J, 그거 반투명 거울인 거 같은데……. 저쪽 편에서 누가 우리를 보고 있을 것 같아.

11월 16일 일요일

텔레비전을 보는 또다른 자세. 나는 텔레비전보다 J를 관찰하는 게 더 재미있다.

11월 18일 화요일

요즘 어린이집에서 한창 독감이 유행이다. J도 감기 기운이
있는 것 같아 배를 따뜻이 할 겸 찜질을 하러 한의원에 갔
다. 낯선 동생이 옆에 누웠다. 간호사 언니가 "돌을 데우고
있으니까 잠깐 누워서 기다리세요~" 하고 말한다. J와 낯
선 동생은 서로 눈을 마주치고는, 웃는다.
"엄마, 동생도 감기에 걸렸나봐."

## 11월 20일 목요일

낫또納豆에는 헤어날 수 없는 매력이 있다. 미끌미끌 고소하니 맛있고 심지어 몸에도 좋다. 그런데 우리 부모님은 두 분 다 낫또를 싫어하지도 좋아하지도 않으신다. 신기하게 나 혼자 어릴 적부터 그렇게 낫또를 좋아했다고 한다. 일본 친정집에도, 지금 우리 집에도 나 때문에 낫또가 상비되어 있다. J도 그런 나의 이유식을 먹고 자란 탓인지 낫또를 좋아한다. 가장 좋아하는 아침 메뉴는 '낫또 라면'.

"낫또 밥 줄까?"

"아니."

"그러면?"

"낫또 라면!"
한 입 먹고 나서 어김없이 취해주는 포즈. 이러니 계속 만들어줄 수밖에 없다. 이게 내 요리 레퍼토리가 적어지는 이유라고 하면 핑계겠지.

## 11월 23일 일요일

작은 방을 J 방으로 만들어줬다. J는 자기 방이 생겼다는 사실에 기뻐했지만 잘 놀다가도 밤이 되면 항상 "엄마 가지 마" 한다. J, 엄마 어디 안 가!

**11월 26일 수요일**

"엄마, 잠깐만 기다려봐. J가 쿠키를 만들고 있어."
작은엄마가 준 자석 알파벳 퍼즐. 용도는 조금 달라진 듯
(?)하지만 J는 알파벳 퍼즐을 가지고도 꼬마 요리사가 되
어 꽤 잘 논다.

## 11월 28일 금요일

1년쯤 되니 어린이집 친구들과 많이 친해져서 서로의 집에 놀러가는 일이 많아졌다. 어느 날은 같은 반 H네 엄마가 아이들을 데려가서 저녁을 먹이고 재우기 직전까지 놀아주겠다고 제안해서 놀랐다. 나는 J 하나도 벅찬데, 남의 집 아이까지 셋을 함께 하원시키고 저녁밥을 지어 먹인다니 상상만 해도 아찔했다.

"네?! 정말 괜찮으시겠어요?"

"얘네 둘이 있으면 싸우기만 해서 J가 있는 게 더 좋아요."

밤에 J를 데리러 갔다가 한번 더 놀랐다. 아이 둘을 키우면서도 방이 엄청나게 깨끗했다. 밥도 좋은 재료로 만들어서

잘 먹여주셨다. 여러모로 적잖은 충격. 정말 대단하다, H 엄마! 이것이 아이 둘을 키우는 분의 여유인가?

**12월 3일 수요일**

저녁에 쌀국수를 먹으러 갔다. 쌀국수는 맵지 않고 쌀로 만들었으니 J도 잘 먹고 여러모로 만족스러운 요리다. 요리가 나오는 것을 기다리면서 아빠와 가위바위보 놀이. 진 사람이 이긴 사람 머리를 묶어준다.

12월 9일 화요일

J가 한참 동안 조용하기에 방에 가봤더니 이쑤시개 통을 가
지고 뭘 만들었다.
"엘사 성이야~"
재주도 좋아 우리 딸.

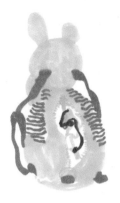

12월 10일 수요일

J의 가방을 정리하다보면, 가끔 예상하지 못한 물건이 툭 튀어나올 때도 있다. 어린이집에 가 있는 동안 J의 생활까지 내가 모든 걸 알지는 못하기에 내가 알지 못하는 J만의 물건이 생기기도 하는 것. 오늘 오랜만에 J 가방을 정리하는데 안에서 말라비틀어진 풀이 하나 나왔다. 요즘 J 물건들.

12월 11일 목요일

무서운 영화를 볼 때 아빠와 J의 자세. "J는 무서운 것도 볼 수 있어!" 하고 담담한 척 말하지만, 저렇게 앉아 있는 이유는 사실 언제든 아빠 손으로 눈을 가리기 위해서이다!

**12월 12일 금요일**

오늘은 어린이집 하원 후 J의 친구인 E와 함께 M네 집에 놀러갔다. 저녁을 먹은 후 세 꼬마 숙녀들의 본격적인 한복 패션쇼가 시작되었다. 꼬마 모던 걸들의 모습을 사진으로 담아주었다. J가 사진 찍을 때 자꾸 한쪽 입꼬리만 올라가는 이른바 '썩소'를 지었는데, 알고 보니 엘사의 표정을 따라하는 거였다고.

**12월 15일 월요일**

등원하면 먼저 도착해 있던 친구들이 나와서 J를 반겨준다. 오늘은 내가 짐을 정리하는 사이, 각자 자기 사물함 칸에 들어가더니 "J 엄마, 우리 사진 찍어주세요~" 한다. 저마다 예쁜 표정과 포즈를 취하고 사진 한 장! J에게 어린이집에 서의, 친구들과의 추억이 하나하나 쌓여간다.

12월 16일 화요일

날이 많이 추워져서 밖에는 칼바람이 휘몰아치는데도, J는 집 안이 따뜻하니까 자꾸 바깥도 따뜻하다고 착각한다. J에게 겨울 추위를 알려주기 위해 아침에 일어나자마자 창문을 열고 환기를 했다. 매서운 바람이 집 안으로 몰아친 덕에 J는 완전무장을 하고 어린이집에 가기로 했다. 꽁꽁 싸매 입고 눈만 내놓은 채로 등원에 성공!

12월 17일 수요일

아빠 옆에 엎드려 게임을 구경하고 있는 J.
"이렇게, 이렇게 하면 돼."
"J도 알아!"

12월 20일 토요일

J가 한참 조용하기에 방에 들어가봤다.
"앗 J, 뭐하는 거야?"
"엄마 로션 바르고 있어. 건조해서."
피부 관리하시는 중이라나.

**12월 22일 월요일**

"J는 엄마랑 같이 자는 게 좋아. 엄마는 J가 싫어?"

"엄마도 J를 좋아하지~"

"그런데 왜 자꾸자꾸 안방으로 가?"

"아니야, 안 갈게."

"아니야. 맨날 아침에 저쪽으로 가잖아. 오늘도 갈지도 몰라."

한밤중에 깨서 화장실에 다녀오다 깜짝 놀랐다. 화장실 바로 옆쪽에 안방이 있는데 J가 안방 문 앞에 딱 달라붙어서 가로 막고 서 있었던 것이다.

"여기 들어가면 안 돼. J 방에서 자."

결국 J 방의 작은 침대에서 같이 자는 날들이 계속되고 있다.

12월 23일 화요일

J의 친구인 H와 함께 E네 집에 놀러 갔다. 땀까지 흘리며
놀다가 다 같이 목욕을 했다. 우리 집에는 욕조가 없어서 J
는 샤워하기를 싫어하는데, E네 집에는 욕조가 있어서 그
런지 물이 차가워져서 입술이 파래지도록 30분이고 1시간
이고 나오지를 않는다. 세쌍둥이 같은 딸들.

**12월 24일 수요일**

어린이집 산타 잔치에 산타할아버지가 오셨다. J에게 미리 산타할아버지에게 어떤 선물을 받고 싶은지 물었더니 콕 집어 "엘사 신발이랑 머리랑 드레스!"라고 대답하기에, 결국 사서 어린이집에 보냈다. 지금까지는 주변의 친구들이 아무리 엘사 드레스를 입고 와도 J에게는 사주지 않고 있었다. 그래도 이번엔 엄마가 졌다. 산타할아버지에게 받은 선물을 열어보고 원하던 선물이 들어 있어서 J가 많이 좋아했던 모양이다. 엄마는 안 사주지만 산타할아버지는 주실 수도 있지 뭐!

12월 28일 일요일

눈이 그려져 있는 모자를 눈까지 내려 쓰고 말한다.
"엄마 이것 봐봐~!"

**12월 29일 월요일**

우리 모녀가 함께 그림책을 읽는 시간. J는 매 페이지마다
그림에 대한 질문을 쏟아낸다.
"빵이 어떻게 문을 열었어?"(도망친 빵)
"곰이 왜 슬픈 눈을 하고 있어?"(도망친 빵)
"왜 남잔데 치마를 입었어?"(하멜른의 피리 부는 사나이)
"쥐가 어디에 있어?"(하멜른의 피리 부는 사나이)
"엄마는 어떤 게 좋아?"(모든 그림책에서 이루어지는 인기
투표)
"안 돼! 이건 J 거야!"(치마 입은 여자아이나 핑크 계통의
물건을 가리키면)

"빵이 곰에게 말했어요. 나는 할아버지에게서도 도망쳤고
토끼에게서도 도망쳤고⋯⋯"
그리고 찾아오는 스포일러.
"잠깐! (뒤적뒤적) 엄마, 여우가 빵 먹어버렸다?!"

12월 30일 화요일

우리 결혼사진을 보다가 묻는 J.
"엄마 아빠, J는 어디에 있어?"
"J는 아직 태어나지 않았어."
"아! 알아! 엄마 배 속에 있지?"

J 여름

엄마가 두 명이면 좋겠어.
엄마가 열 명이면 좋겠어.


계속 계속 J랑 같이 있게.
요리하는 동안에도 J랑 놀아주고.
어린이집에도 같이 있고.

에필로그

막상 블로그와 페이스북을 통해 육아 일기를 게시하다보니, 유리 케이스 안에 담겨 미술관에 전시된 듯한 기분이 들기도 했습니다. 그렇지만 꾸준한 '좋아요'와 댓글로 〈J의 육아 일기〉를 격려해주신 여러분들 덕분에 이 책이 세상의 빛을 볼 수 있게 되었습니다.

육아 일기를 쓰면서 아무것도 아닌 일상으로 지나칠 수 있었던 것들을 다시 보고, 생각할 수 있었습니다. 아이가 그때 왜 그런 행동을 했는지 곱씹어볼 수 있었고, 주변에 얼마나 많은 사람들에게 영향을 받고 또 도움을 받으며 살아가고 있는지 느낄 수 있었습니다.

엄마를 엄마이자 그림 그리는 사람으로 만들어준

딸 J와 언제나 든든한 버팀목이 되어주는 남편, 저를 딸이게 해준 엄마 아빠와 아버님 어머님, 일기에 등장해주신 분들, J 육아를 도와주신 모든 분들께 감사드립니다.

저에게 용기를 북돋아준 이수연 작가님, 그림과 삶의 이야기를 나누며 작업하는 삶을 굴러가게 해주는 친구 유림이에게 고맙다고 말하고 싶습니다.

마지막으로 이 책 출간을 도와주신 북노마드 윤동희 대표님과 북노마드 식구들에게도 진심으로 감사합니다.

사카베 히토미

# 아이와 나

ⓒ 사카베 히토미 2015

초판 1쇄 인쇄 | 2015년 5월 13일
초판 1쇄 발행 | 2015년 5월 20일

지은이. 사카베 히토미

펴낸이, 편집인. 윤동희

편집. 김민채 박성경
기획위원. 홍성범
디자인. 이진아
종이. 아르떼 210g(표지) 아르떼 130g(띠지) 그린라이트 100g(본문)
마케팅. 방미연 최향모 유재경
홍보. 김희숙 김상만 한수진 이천희
제작. 강신은 김동욱 임현식
제작처. 영신사

펴낸곳. (주)북노마드
출판등록. 2011년 12월 28일 제406-2011-000152호

주소. 413-120 경기도 파주시 회동길 216
문의. 031.955.1935(마케팅) 031.955.2646(편집) 031.955.8855(팩스)
전자우편. booknomadbooks@gmail.com
트위터. @booknomadbooks
페이스북. www.facebook.com/booknomad

ISBN. 978-89-97835-82-9 (03810)

○ 이 책의 판권은 지은이와 (주)북노마드에 있습니다.
이 책 내용의 전부 또는 일부를 재사용하려면 반드시 양측의 서면 동의를
받아야 합니다. 북노마드는 (주)문학동네의 계열사입니다.

○ 이 도서의 국립중앙도서관 출판예정도서목록(CIP)은
서지정보유통지원시스템 홈페이지(http://seoji.nl.go.kr)와
국가자료공동목록시스템(http://www.nl.go.kr/kolisnet)에서 이용하실 수 있습니다.
(CIP 제어번호: CIP2015012675)

www.booknomad.co.kr

북노마드